“枫桥胜迹”牌楼

寒山寺山门

“古寒山寺”匾额

寒山(和圣)·拾得(合圣)

和合二仙(化石)

梵音阁

《枫桥夜泊》诗碑

张继塑像(《枫桥夜泊》作者)

钟楼·听钟石

寒山古钟

枫桥(铁铃关下)

普明宝塔

枫桥夜泊处

寒山寺和合书轩

寒山寺碑廊

寒山拾得诗廊

阊门(亦称金阊门)

枫桥路

寒山寺古诗选编

王永华 编

苏州大学出版社

图书在版编目(CIP)数据

寒山寺古诗选编/王永华编. —苏州:苏州大学出版社,2017.5
ISBN 978-7-5672-2103-1

Ⅰ. ①寒… Ⅱ. ①王… Ⅲ. ①古典诗歌—诗集—中国 Ⅳ. ①I222

中国版本图书馆 CIP 数据核字(2017)第 112269 号

寒山寺古诗选编
王永华 编
责任编辑 金振华

苏州大学出版社出版发行
(地址:苏州市十梓街 1 号 邮编:215006)
宜兴市盛世文化印刷有限公司印装
(地址:宜兴市万石镇南漕河滨路 58 号 邮编:214217)

开本 787 mm×1 092 mm 1/16 印张 10 彩插 6 字数 128 千
2017 年 5 月第 1 版 2017 年 5 月第 1 次印刷
ISBN 978-7-5672-2103-1 定价:35.00 元

苏州大学版图书若有印装错误,本社负责调换
苏州大学出版社营销部 电 话:0512-65225020
苏州大学出版社网址 http://www.sudapress.com

作者简介

1931年6月出生于苏州。

1950年12月抗美援朝入伍。

1952年9月毕业于南京海军联合学校信号兵科。

1952年9月后在海军青岛基地历任战士、班长、信号台负责人。

1955年5月后在海军北海舰队训练团(现为海军第五海校)历任助教、教员、教研室主任。

1975年5月至2013年在苏州化工职大学、苏州市海联英语培训学校、苏州市大华中外语言培训学校等七所民办学校任副校长、校长,其间曾任《化工高等教育》编辑,曾被聘为苏州市周易研究会和苏州市企业家思维研究会副会长。

2016年5月被聘为苏州市逻辑学会顾问。

寒山寺

寒山寺是一座中外闻名的千年古刹，始建于南朝梁武帝天监年间(502—519)，初名妙利普明塔院。寺院坐落在苏州城西阊门外的古运河畔，与枫桥毗邻，故史上亦称枫桥寺。

唐贞观年间(627—649)，高僧寒山(亦称寒山子)“来此缚茆以居”，遂由妙利普明塔院更名为寒山寺。唐高宗朝，高僧希迁于此创建伽篮，题匾额曰“寒山寺”，古刹由此正式定名为寒山寺。唐诗人张继因避“安史之乱”居吴，作《枫桥夜泊》诗。诗成以后，“天下传诵，黄童白叟皆知寒山寺也”。

寒山是一位由儒入禅的高僧，也是一位著名的诗僧，《全唐诗》编其诗一卷(三百余首)。其诗多为宣扬福善祸淫之作，佛理深邃，对佛子、信众教育影响深远。寒山与拾得相善莫逆，寒山与拾得、丰干时称“国清三隐”。清雍正帝曾敕封寒山为“和圣”、拾得为“合圣”。民间则褒称寒山、拾得为“和合二仙”。千百年来，寒山寺逐渐形成了其独特的“和合文化”，亦即“寒山文化”。

寒山寺在历史发展中能够屡毁屡兴，除了佛法传承外，在很大程序上同寒山文化传播有关。一千五百年以来，赴寺敬香礼佛者，既有广大庶民信众，也有高层军政官吏，还有众多的文人诗客。寒山寺在他们心目中，不只是一座佛庙古刹，更是一座儒禅两种文化交融的文化寺院。许多诗人不远千里来寺敬香礼佛时，都曾即兴赋诗吟咏寒山寺。他们以诗颂佛，以诗弘法，这些含有深邃佛理的诗作已成为广大佛子、信众修行的指南。今天，每当重温这些古人诗篇，我们都能又一次重新认识这座千年古刹——寒山寺，又一次重新领略寒山文化的魅力所在！

目录

寒山拾得诗选

历代寒山寺诗选

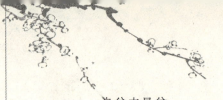

作品作者简介

H 寒山拾得诗选

杳杳寒山道

唐·寒山

杳杳寒山道，落落冷澗濱。
啾啾常有鳥，寂寂更無人。
淅淅風吹面，紛紛雪積身。
朝朝不見日，歲歲不知春。

丙申年書　鹏岩

杳杳寒山道

唐·寒山

杳杳寒山道，
落落冷澗濱。
啾啾常有鳥，
寂寂更無人。
淅淅風吹面，
紛紛雪積身。
朝朝不見日，
歲歲不知春。

四時無止息

唐·寒山

四時無止息，年去又年來。萬物有代謝，九天無朽摧。東明又西暗，花落復花開。唯有黃泉路，冥冥去不回。

丙申年志 群石

可嘆無止息

唐·寒山

可嘆無止息
年去又年來
萬物有代謝
九天無朽摧
東明又西暗
花落復花開
唯有黃泉路
冥冥去不回

慣居幽隱處　唐·寒山

慣居幽隱處乍向國
清中時訪豐干道
仍來看拾公獨迴上
寒巖無人話合同尋
究無源水源窮水不
窮

丙申年春　群岩

慣居幽隱處

唐·寒山

慣居幽隱處，
乍向國清中。
時訪豐干道，
仍來看拾公。
獨回上寒岩，
無人話合同。
尋究無源水，
源窮水不窮。

人以身為本　唐·寒山

人以身為本，本以心為柄。本若心莫邪，心邪喪本命。未能免此殃，何言懶照鏡。不念金剛經，却令菩薩病。

丙申年之春　群岩

人以身爲本　唐·寒山

人以身爲本
本以心爲柄
本在心莫邪
心邪喪本命
未能免此殃
何言懶照鏡
不念金剛經
卻令菩薩病

欲识生死譬 唐·寒山

欲识生死譬，且将冰水比。水结即成冰，冰消返成水。已死必应生，出生还复死。冰水不相伤，生死还双美。

丙申年春 群岩

欲識生死譬

唐·寒山

欲識生死譬
且將冰水比
水結即成冰
冰消返成水
已死必應生
出生還復死
冰水不相傷
生死還雙美

君家叶里花 唐·寒山

君家叶里花能得
几時好今日畏人攀明
朝待誰折可怜嬌艳
情年多轉成老將世
比於花紅顏豈長保

丙申年冬 群岩

君看葉裏花

唐·寒山

君看葉裏花，
能得幾時好。
今日畏人攀，
明朝待誰掃。
可憐嬌艷情，
年多轉成老。
將世比於花，
紅顏豈長保。

人言是牡丹　唐·寒山

人言是牡丹
佛说是花箭
射人入骨髓
死而不知怨

丙申年书　群君

人言是牡丹

唐·寒山

人言是牡丹
佛说是花箭
射人入骨髓
死而不知怨

腓見河边树

唐·寒山

腓見河边树，摧殘不可論。二三餘干在，千万斧刀痕。霜凋萎疏叶，波冲枯朽根。生處當如此，何用怨乾坤。

丙申年春 群岩

昨見河邊樹　唐·寒山

昨見河邊樹
摧殘不可論
二三餘干在
千萬斧刀痕
霜凋萎疏葉
波衝枯朽根
生處當如此
何用怨乾坤

二仪既开辟 唐·寒山

二仪既开辟人乃居
其中迷汝即吐雾醒
汝即吹风惜汝即富贵
夺汝即贫穷碌碌群汉
子万事由天公

丙申年春 群岩

二儀既開闢

唐·寒山

二儀既開闢
人乃居其中
迷汝即吐霧
醒汝即吹風
惜汝即富貴
奪汝即貧窮
碌碌群漢子
萬事由天公

急急忙忙苦追求 唐·寒山

急急忙忙苦追求，寒寒冷冷度春秋。
朝朝暮暮营活计，闷闷昏昏白了头。
是是非非何时了，烦烦恼恼几时休。
明明白白一条路，万万千千不肯休。

丙申年春 群君

急急忙忙苦追求

唐·寒山

急急忙忙苦追求，
寒寒冷冷度春秋。
朝朝暮暮营活计，
闷闷昏昏白了头。
是是非非何时了，
烦烦恼恼几时休。
明明白白一条路，
万万千千不肯休。

生死元有命 唐·寒山

生死元有命富貴
本由天此是古人語吾
今非謬傳聰明好短命
癡騃却長年鈍物
丰財寶醒醒汉无錢

丙申年春 群君

生死元有命　唐·寒山

生死元有命
富貴本由天
此是古人語
吾今非謬傳
聰明好短命
癡騃卻長年
鈍物豐財寶
醒醒漢無錢

独坐常忽忽　唐·寒山

独坐常忽忽，情怀何悠悠。
山腰云缦缦，谷口风飕飕。
猿来树袅袅，鸟入林啾啾。
时催鬓飒飒，岁尽老惆惆。

丙申年姜群君

独坐常忽忽 唐·寒山

獨坐常忽忽
情懷何悠悠
山腰雲縵縵
谷口風颼颼
猿來樹嫋嫋
鳥入林啾啾
時催鬢颯颯
歲盡老惆惆

凡讀我詩者

唐·寒山

凡讀我詩者，心中須護淨。慳貪繼日廉，諂曲登時正。驅遣除惡業，歸依受真性。今日得佛身，急急如律令。

丙申年書　群君

凡讀我詩者

唐·寒山

凡讀我詩者，
心中須護淨。
慳貪繼日廉，
諂曲登時正。
驅遣除惡業，
歸依受真性。
今日得佛身，
急急如律令。

寒山住寒山

唐·拾得

寒山住寒山，拾得自拾得。
凡愚豈見知，豐干卻相識。
見時不可見，覓時何處覓。
借問有何緣，向道無為力。

丙申年書 群岩

寒山住寒山

唐·拾得

寒山住寒山
拾得自拾得
凡愚豈見知
豐干卻相識
見時不可見
覓時何處覓
借問有何緣
向道無為力

從來是拾得

唐·拾得

從來是拾得不是偶然稱別無親眷屬寒山是我兄兩人心相似誰能徇俗情若問年多少黃河幾度清

丙申年冬 躍君

從來是拾得

唐·拾得

從來是拾得
不是偶然稱
別無親眷屬
寒山是我兄
兩人心相似
誰能徇俗情
若問年多少
黃河幾度清

身貧未是貧　唐·拾得

身貧未是貧
神貧始是貧
身貧能守道
名為貧道人
神貧无智慧
果受餓鬼身
餓鬼比貧道
不如貧道人

丙申年春　辟君

身贫未是贫

唐·拾得

身贫未是贫，
神贫始是贫。
身贫能守道，
名为贫道人。
神贫无智慧，
果受饿鬼身。
饿鬼比贫道，
不如贫道人。

银星钉秤衡　唐·拾得

银星钉秤衡，绿丝作秤纽。
买人推向前，卖人推向后。
不顾他心怨，唯言我好手。
死去见阎王，背后插扫帚。

丙申年春　群岩

群岩

銀星釘稱衡

唐·拾得

銀星釘稱衡
綠絲作稱紐
買人推向前
賣人推向後
不顧他心怨
唯言我好手
死去見閻王
背後插掃帚

人生浮世中　唐·拾得

人生浮世中个个愿富贵高堂车马多一呼百诺至吞併他田宅准拟承后嗣未逾七十秋冰消瓦解去

丙申年书　群岩

群岩

人生浮世中

唐 拾得

人生浮世中，
個個願富貴。
高堂車馬多，
一呼百諾至。
吞併他田宅，
準擬承後嗣。
未逾七十秋，
冰消瓦解置。

我见世间人

唐·拾得

我见世间人，个个争意气。一朝忽然死，只得一片地。阔四尺，长丈二。汝若会出来争意气，我与汝立碑记。

丙申年之春 群岩

我見世間人

唐·拾得

我見世間人
個個爭意氣
一朝忽然死
祇得一片地
闊四尺長丈
二汝若會出
來爭意氣我
與汝立碑記

昨夜得一夢

唐·拾得

昨夜得一夢，夢見
一團空。朝來擬說
夢，舉頭又見空。為
當空是夢，為復夢是
空。想計浮生里，
還同一夢中。

丙申年夏 群君

昨夜得一梦

唐·拾得

昨夜得一梦，
梦见一团空。
朝来拟说梦，
举头又见空。
为当空是梦，
为复梦是空。
相计浮生里，
还同一梦中。

L

历代寒山寺诗选

送人游吴

唐·杜荀鹤

君到姑苏见人家
尽枕河古宫闲地少
水港小桥多夜市卖
菱藕春船载绮罗遥
知未眠月乡思在渔
歌

丙申年春 群岩

送人游吴

唐·杜荀鹤

君到姑苏见，
人家尽枕河。
古宫闲地少，
水港小桥多。
夜市卖菱藕，
春船载绮罗。
遥知未眠月，
乡思在渔歌。

楓橋夜泊

唐、張繼

月落烏啼霜滿天
江楓漁火對愁眠
姑蘇城外寒山寺
夜半鐘聲到客船

丙申年書 群岩

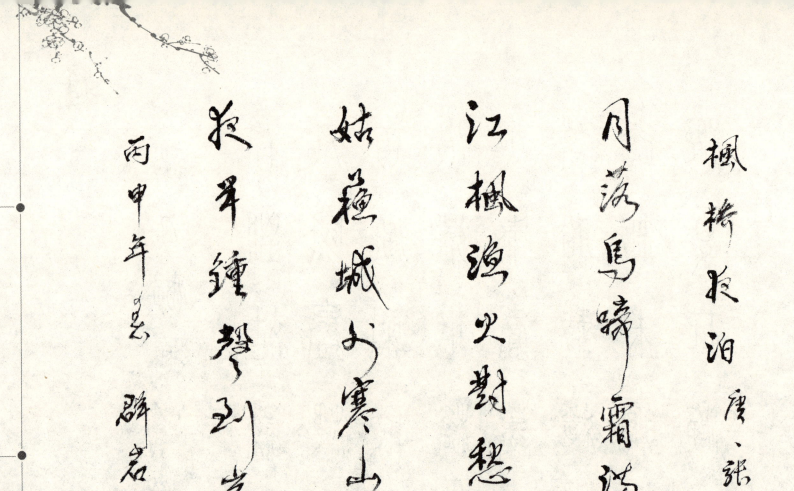

枫桥夜泊

唐·张继

月落乌啼霜满天
江枫渔火对愁眠
姑苏城外寒山寺
夜半钟声到客船

怀吴中冯秀才

唐·杜牧

長洲苑外草蕭蕭
却算游程歲月遥
唯有別時今不忘
暮烟秋雨過楓橋

丙申年冬 群君

懷吳中馮秀才

唐·杜牧

長洲苑外草蕭蕭
卻算遊程歲月遙
唯有別時今不忘
暮煙秋雨過楓橋

吴松道中　唐·杜牧

晓路雨萧萧，江乡叶正飘。天寒雁声急，岁晚客程遥。鸟避征帆却，鱼惊荡桨跳。孤舟宿何许，霜月系枫桥。

丙申年春　群岩

群岩

吳松道中

唐·杜牧

曉路雨蕭蕭
江鄉葉正飄
天寒雁聲急
歲晚客程遙
鳥避征驂卻
魚驚蕩槳跳
孤舟宿何許
霜月系楓橋

暮秋游虎丘 唐·杜牧

寂寞虚廊晴翠草
天风缭绕宝华台
江空霞冷蛟龙殿古
云深鹳鹊来山馆老松
寰缘蔓石坛芳桂落苍
苔寒钟敲断枫桥月
半夜禅僧入定回

丙申年春 群君

暮秋游虎丘

唐·杜牧

宗寒虚廊暗竹茉
天风续绕宝华台
江空露冷波龙伎
殿古云深鹳鹤来
山馆秀松寒绿蔓
后墙芳桂落暮苔
寒钟敲断栖桥夕
半夜禅僧入定回

松江舟中四首荷叶浦
時有不測来句故友之

唐·杜牧

夜听楓橋曉鐘波
松江水客幻信息
少住亦可喜且食鱖
魚肥莫問鲈魚美

丙申年小雪 群君

松江舟申兀當荷葉
浦暖有不測未負故
反生

唐·杜牧

夜聽楓橋鐘
曉汲松江水
客行信忽忽
心往未可喜
且食鱖魚肥
莫問鱸魚美

寄恒璨

唐·韦应物

心绝去来缘迹
顺人间事独寻秋
草径夜宿寒
山寺今日郡斋
闲思问楞伽字

丙申年冬 群石

寄恒璨

唐·韦应物

心絕去來緣
跡順人間事
獨尋秋草徑
夜宿寒山寺
今日郡齋閑
思問楞伽字

送僧归山 唐·刘言史

楚俗翻花自送迎，密人来往岂知情。夜行独自寒山寺，雪径泠泠金锡声。

丙申年冬 群岩

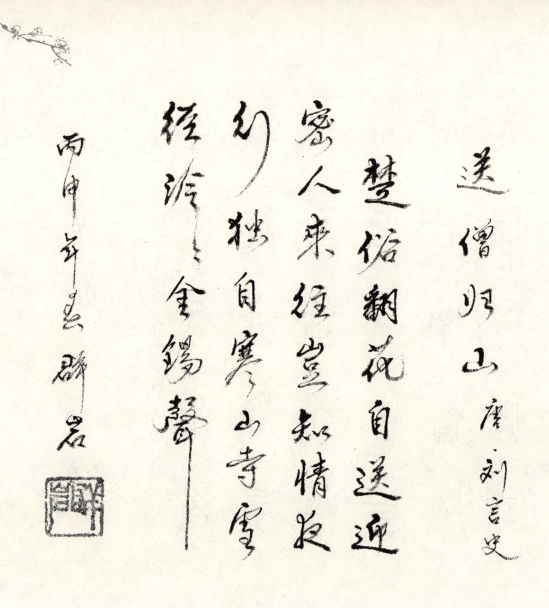

送僧歸山

唐 刘言史

楚俗翻華自送迎
密人來往豈知情
夜行獨自寒山寺
雪經泠泠金錫聲

楓橋

唐·刘言史

冷落回塘欲暮時，峭帆女娜去何之。
數々鴻雁南來少，一段風烟客到遲。
關吏尚嫌愁未稅，榜人雖有夢相知。
偶然漁火江楓地，記得寒山寺里詩。

丙申年冬 群石

枫桥

唐·刘言史

冷落回墙欲暮晴
峭驱史嬾杏何生
鼓分鸿雁书来少
一段风烟客断释
关吏谷嫌迷未校
杨入惟多梦相知
偶然须火江枫地
许复庑山岁寒识

楓橋寒山寺

唐·刘言史

江楓吟咏之幽寺
冷遺踪不改前朝路
犹闻半夜鐘地浮
汀月皎村迴水煙濃
試問誰曾見愜应独
有松

丙申年夏　群君

楓橋寒山寺

唐·刘言史

江楓吟咏互
幽寺冷還遊
不改歲朝路
橋間半夜鐘
地涼沙冬映
如迴川煙灣
試問誰曾見
攜應獨有松

再游蒋山　唐·刘言史

寒山寺里立斜晖
只有垂杨自由垂之
待新亭成洒涕
向来已识字馨儿

丙申年春群君

再游棱山

唐·刘言史

寒山步踵立斜暉
只愛坐陽自由坐
不復新亭歲潮滿
向來已識宿聲兒

赠相僧杨懒散

宋·张鶱

野鹤本长生孤云元定意
托迹无间游心乃尘外清闲
绛人年曾观柏寝器微言洞
畸伏妙中惊人志径夏识方
瞳今兹分别诀飞帆烟雨外
驻锡云林际逸兴轻远游滞
念牢离思后欲听钟鸣应有
寒山寺

丙申年头

群岩

贈相僧楊懶散

宋·張嵲

野鶴本長生，孤雲無定意。
托迹雖世間，游心乃塵外。
請問絳人年，曾觀柏寢器。
微言洞倚伏，妙旨驚入世。
往變識左睡，今昔分別設。
飛驅煙雨外，駐錫雲林際。
逸興輕遠遊，深念辜離思。
後夜聽鐘鳴，應多寒山寺。

宿楓橋　宋·陸游

七年不到楓橋路，
客枕依然半夜鐘。
風月未須輕感慨，
巴山此去尚千重。

丙申年夕云　群君

宿楓橋

宋 陸游

七年不到楓橋寺
客枕依然半夜鐘
風月未須輕感慨
巴山此去尚千重

过楓橋示迁老（一）

宋·孫覿

白首重来一梦中
青山不改舊時容
烏啼月落橋邊寺
欹枕猶聞半夜鐘

丙申年冬
群岩

群岩

過楓橋示迥老（一）

宋·孫覿

白首重來一夢中
青山不改舊時容
烏啼月落橋邊寺
欹枕猶聞半夜鐘

过枫桥寺示迁老（二）

宋·孙觌

翠木苍藤一两家，
门依古柳抱溪斜。
古来流水参差是，
不见元都旧日花。

丙申年春 群岩

过枫桥示迁老（二）

宋·孙觌

翠木苍藤一两家
门依古柳抱路斜
古在流水参差是
不见元都旧日华

过枫桥示迁老（三）

宋·孙觌

三年瘴海卧炎宵
梦隔枫桥一水遥
万里归来悲故物
铜驼埋没草齐腰

丙申年日书 群君

過楓橋示遷老（三）

宋·孫覿

三年瘴海臥炎雲
夢隔青楓一水逕
萬里歸來悲故物
銅駝埋沒艸齊要

楓桥

宋·张孝祥

四年忽忽两经过
古岸依然窣堵波
借我绳床清午暑
乱蝉鸣处竹荫多

丙申年之冬 群石

楓橋

宋 張孝祥

幾年忽忽兩經過
古岸依然窣堵波
借我繩牀消個暑
亂蟬鳴處竹陰多

楓橋　宋·范成大

朱门白壁枕湾流
桃李无言满屋头
墙上浮图路旁堠
送人南北管離愁

丙申年中秋　群岩

楓橋

宋·范成大

朱門白壁枕灣流，
桃李無言滿屋頭。
牆上浮圖路旁堠，
送人南北管離愁。

楓橋寺 宋·俞桂

湖水相連月照天
雁聲嘹唳攪人眠
昔年曾到楓橋宿
石岸旁边系小船

丙申年冬 群岩

楓橋步 宋·俞桂

湖水相連夕照天
雁聲嘹嚦攪人眠
昔年曾到楓橋宿
石岸風邊繫小船

寒山寺

宋·张师中

吴门多精蓝
拒城七里余
斜径通禾黍
岩扉横野桥
霜楼鸣晓钟
方丈中有人
迹忙心已闲
不为喧所迁
何必深山林
此寺名尤古
冠盖日旁午
远岫对栖宪
塔影落前浦
夕舸轧双舻
学佛洞禅语
道乐行弥苦
意以静为主
峰峦绕轩户

丙申年冬 群石

寒山寺

宋·张师中

吳門多精藍
近城古寺余
斜徑通采香
岩扉橫野橋
霜樓鳴曉鐘
尤支者予入
談化心已閑
不為喧所變
何必深山林

此寺名尤古
宸蓋日虛今
遠岫數楓虎
塔影落胥浦
多艘軋雙艣
學佛洞禪語
諸樂行彌苦
意以靜為主
峰巒繞軒戶

寒山寺　元·湯仲友

出城才七里地僻
罕曾過孤塔臨官道
三门背運河鐘聲
惊鳥宿墙矮入渔歌
醉里乘题壁如今
張继多

丙申年夏　群岩

寒山寺

元·湯仲友

出城繞七寒
地僻罕曾過
瓶塔點官道
三門背運河
鐘聲驚鳥宿
樵續人漁歌
酸寒韓題壁
知今張繼多

泊阊门　元·顾瑛

枫葉落花暗画船
银筝斷绝十三弦
西風只在寒山寺
长送鐘聲枕客眠

丙申年春　群君

泊閶門

元·顧瑛

楓葉蘆花暗畫船，
銀箏斷絕十三弦。
西風只在寒山寺，
長送鐘聲繞客眠。

楓橋

明·高啓

畫橋三百映江城
詩里楓橋獨有名
幾度經過憶張繼
烏啼月落又鐘聲

丙申年冬　辟君

楓橋

明·高啓

畫橋三百映江城
詩裏楓橋獨有名
幾度經過憶張繼
烏啼月落又鐘聲

赋得寒山寺送别

——明·高启

枫桥西望碧山微，寺对寒江独掩扉。
船里钟催行客起，塔中灯照远僧归。
渔村寂寂孤烟近，官路萧萧众叶稀。
须记姑苏城外泊，乌啼时节送君违。

丙申年书 群启

晓后寒山寺别

明·高启

枫桥西望碧山微，
寺对寒江独掩扉。
船里钟催行客起，
塔中灯照远僧归。
渐觉家家孤烟近，
官路萧萧众叶稀。
须记姑苏城外泊，
乌啼时节欲春违。

寒山寺 明·高启

鬖鬖吴江正落枫，碧山古寺独携筇。寒空鸟下岩边塔，残照僧归径外松。虚寂高斋无俗韵，风狂弥勒有遗踪。斋舟却趁寒潮去，梦里应闻夜半钟。

丙申年春 群岩

寒山寺

明·高启

金：吳江正落楓
碧山古寺獨攜筇
寒空鳥下巖邊塔
殘照僧歸徑外松
虛宋高樂無俗韻
風桂彌勒有遺蹤
扁舟欲趁寒潮去
夢裏應聞夜半鐘

夜泊楓橋望寒
山寺　明 高啟

夜火疏鐘伴寂寥
十年舊夢泊楓橋
清狂不見王司理來
問寒山寺外潮

丙申年冬 群君

夜泊枫桥望寒山寺

明·高启

夜火疏钟伴客寐
十年旧梦泊枫桥
清狂不见天司理
来问寒山寺外潮

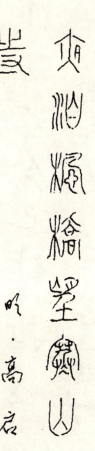

歸吳至楓橋　明·高啓

遥看城郭尚疑非，不見青山舊塔微。官秩加身應謬得，鄉音到耳是真歸。夕陽寺掩啼烏在，秋水橋空亂鴨飛。寄語閶闔休復羨，錦衣今已作荷衣。

丙申年春　群岩

归吴至枫桥

明·高启

遥望城郭尚疑非，
不见青山旧塔微。
官柳加长应谬复，
乡音到耳是真归。
夕阳岸掩啼乌在，
烟水桥空乱鸭飞。
寄语闾阎休复羡，
锦衣今已作荷衣。

寒山寺 明·王穉登

古寺西边路青山满
目中石龙仍作雨
江鹳尚鸣风近
憎难定泉悭花自红
烛怜门外路尘土暗
江枫

丙申年冬 群岩

寒山寺

明·王穉登

古寺西邊路，
青山滿目中。
石龍銜作雨，
江鶴尚鳴風。
寺近僧難定，
家堅學不紅。
燭憐門外路，
畫土暗江楓。

寒山寺

明·唐寅

金閶门外楓橋路
万家月色迷煙霧譙
閣更殘角韻悲客船夜
半鐘聲度樹色高低混
有無山光遠近成模糊
霜華滿天人怯冷江城
欲曙聞啼烏

丙申年冬 群石

寒山寺

明·唐寅

金阊门外枫桥路，
万家月色迷烟雾。
谯阁更残角韵悲，
客船夜半钟声度。
树色高低混有无，
山光远近成模糊。
霜华满天人怜苦，
江城欲曙闻啼乌。

楓橋

明·文征明

金閶西來帶寒渚
茶葉丹楓隨烟雨漁火
青熒泊棹時客星寂寞
聞鐘處水明人靜江城
孤依然落月啼霜鳥
荒涼古寺烟迷無蹤
詩篇今有無

丙申年春 麟君

枫桥

明 文征明

金阊西来带寒渚，
荣策早枫隐烟雨。
须臾青荧泊棹晚，
客星寂寥闻钟处。
水明人静江城孤，
依然落月啼霜乌。
荒凉古寺烟迷芜，
张继诗篇今有无。

夜泊枫桥 明·沈周

风流张继忆当年
一夜留题百世传桥
带人家余傍寺月
笼沙水澹生烟也如
渔子仍都外月载诗
僧文客边我愧不能同此
情欲周新韵偶联篇

丙申年春 群启

夜泊楓橋

明·沈周

風流張繼憶當年
一夜留題百世傳
橋帶人家余倚岸
月籠沙水潛生煙
火知漁子仍投外
月載詩僧又客邊
我愧不能同此宿
聊因新詠偶聯篇

寒山寺 明·性庵

兰若莲金地枫
桥碧水湾春风上
方路秋色太湖山
既接三生日修谋
半日闲眠年理归
榻持以叩禅关

丙申年春 群君

寒山寺

明·性庵

蘭若蕭金地
楓檜碧水灣
昔居上方路
煙居入湖山
時接三生日
後課半日閑
卿來理歸楫
接的的禪關

夜雨题寄西樵礼吉（一）

清·王士禛

楓葉蕭條水驛空
離居千裏悵難同十
年舊約寒山寺獨聽
寒山半夜鐘

丁酉年仲夏

群岩

群岩

夜雨題寄西樵禮吉（一）

清·王士禛

楓葉蕭條水驛空
離居千里悵難同
十年舊約寒山寺
獨聽寒山半夜鐘

夜雨题寄西樵礼吉（二）

清·王士禛

日暮东塘正落潮
孤蓬泊处雨萧萧疏
钟夜火寒山寺记过
吴枫第几桥

丙申年书 群岩

夜雨題寒山寺寄禮吉（二）

清·王士禛

日暮東塘正落潮
孤篷泊處雨蕭蕭
疏鐘夜火寒山寺
記過吳楓第幾橋

感怀诗（一）

诗、陈夔龙

一别姑蘇感旧游，
千年客梦上心頭。
逢人怕问寒山寺，
零落江楓瑟瑟秋。

丙申年春 群岩

感怀诗（一） 清·陈夔龙

一别姑苏感旧游，
五年客梦上心头。
逢人怕问寒山寺，
零落江枫瑟瑟秋。

感怀诗（二）　诗·陈夔龙

丁字沽頭夕照浓
客船随处寄萍踪
海光玉铮聲聲徹
如听枫桥夜半钟

丙申年春　群君

感懷詩（二）　清·陳夔龍

个字沽頭夕照濃
客船燈影寄萍蹤
淩晨西鉢聲聲徹
獨聽楓橋夜半鐘

寒山寺（一）

清·陈夔龙

张句推敲雨字讹江
村渔父费摩挲曲园
已逝春何在苔
藓封碑未灭磨

丙申年书　群岩

寒山寺(一)

清·陈夔龙

张句维能两字讹
江村须又费摩挲
与园已迹昔何杜
落藓封碑未灭磨

寒山寺（二） 清·陈夔龙

舊地新開選佛場
鳥歸月落幾經霜
重來定有模糊識
祇恐山僧鬢亦蒼

丙申年春 群石

寒山寺（二）

诗·陈夔龙

舊地新開選佛場
烏嗁冬落幾經霜
重來定有櫻桃識
祗恐山僧鬢亦蒼

寒山晓鐘 诗·程绪全

姑蘇城北泊船處
山鐘聲清曉傳客
斷續之間此傳之以鐘
川人耳千秋过客之
况或听欢欣或悽愴者
懸待叩抱無心此意画
師何以状

丙申年画 群岩

寒山曉鐘

清·程德全

姑蘇城外夜泊船
寒山鐘聲清曉傳
昔宿斷續亦同此
傳不以鐘以入白
今來過客不一說
或聽歡笑或悽愴
杜懸從叩總無心
此意畫師何以狀

楓橋夜泊　清·朱彝尊

初日開平林繁星如遠戍驚鳥沙沙鳴漁子夜除語邊聞夜吹聲暗入楓橋去

丙申年之冬　群岩

楓橋夜泊

清·朱彝尊

初日開丙林，
繫墨知遠戍。
驚禽沙上鳴，
瀕予夜除語。
遙聞夜晚聲，
暗入楓橋去。

泊楓橋詩·沈德潜

野宿隨寒鴈，鄰家第一宵。星星漁火亂，知是泊楓橋。

丙申年春 群岩

泊枫桥

清·沈德潜

野宿随寒雁，辟家第一客。星星渔火乱，知是泊枫桥。

寒山寺诗·陆鼎

寺楼直与众山邻鱼
米东南此要津独
惜年来趋利市
不闻渔火感诗人绝
无逆旅知归客要问
寒宸归夜真、自钟
声响诗投几人同梦
不同尘

丙申年书

群启

寒山寺

诗·陆鼎

寺楼直与寒山邻
负米东南此与津
独僧与鼓趋秋寺
不闻濒火感识人
绝无往旅相归客
寅问寒岩蓬应真
一自钟声响清夜
几人同梦不同尘

过枫桥

清·苏曼殊

碧海云峰百万重，
中原何处托孤踪。
春泥细雨吴趋地，
又听寒山夜半钟。

丙申年春 群君

過楓橋　清·穆曼殊

碧浚雲峰百萬層
青原何處訪孤巡
暮漫細雨吳趨化
只聽寒山夜半鐘

寒山寺 清·康有为

钟声已渡海云东
冷尽寒山古寺风
勿使丰干又饶舌
他人再到不空空

丙申年书 群君

寒山寺

清·康有为

钟声已渡海云东，
冷尽寒山古寺风。
勿使丰干又饶舌，
化人再到不空空。

苦雨吟 清·吴竹桥

湖北江西下米船
枫桥市总日喧阗
如何吾邑难平减
一斗仍需四百钱

丙申年春 群岩

群岩

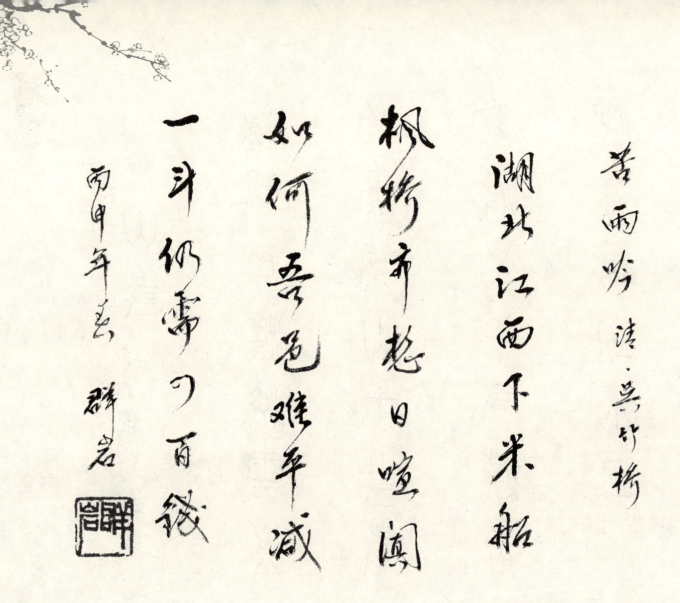

苦雨吟

清·吴竹桥

湖水江南下米船
楓橋寺想日喧闐
如何吾是難乎減
一老仍需不百錢

同臞庵过寒山寺

清·殳丹生

万家寺丛里
一径入寒山
木叶萧萧静
江云晴晴闲
残碑苔剥落
古殿鸽飞还
羁客同游此
徘徊夕照间

丙申年春 群启

同耀庵過寒山寺

清·殳丹生

萬家寺叢寬，
一徑入寒山。
木葉蕭蕭靜，
江雲點點閑。
殘碑苔款落，
古殿鴿飛還。
羈客同遊此，
徘徊夕照間。

断塔遗基　清·释逸慈

當年突兀矗寒空
鄂志猶傳節度功
今日遺基何處覓
斷垣衰草夕陽中

丙申年書　群岩

断塔遗基　清·释逸慈

当年突兀矗云空
郡志犹传既度功
今日遗基何处觅
断垣衰草夕阳中

过枫江憩寒山寺

清、褚逢孙

近市人家水绕城无
端踪迹作江行黑云压
屋有变意黄叶打窗如
雨声古佛已荒空去劫寒
钟未起待残更欲寻张继
停舟处一片苍山暮色横

丙申年春
群岩

過楓江憩寒山寺

清·褚逢椿

近寺人家水繞城
蕭疏蹤跡付江行
野雲壓屋多靈意
黄葉打窗如雨聲
古佛已然空衣鉢
寒鐘未起後幾更
殘夢強繼倚舟亮
一片蒼山暮色横

枫桥

清·吴昌硕

十月霜来降枫桥
枫叶青人家隔秋
岸灯火隐回汀远浦
雁声落霜天风色冥
鸟归钟石晚清绝
掩篷遥听

丙申年书 群君

枫桥

清·吴昌硕

十月霜未降
枫桥枫叶青
人家归秋岸
灯火隐回汀
远浦雁声落
霜天风色冥
鸟啼钟正晚
清绝拾遗听

齐天乐

枫桥夜泊

清·陈维崧

枫桥渔火星星，霜钟声客舫仍渡徽音箫篆乍照帆墙夹岸多于津树船娘吴语为醮水拖烟晚来如许不管人愁棹歌杳蔼掠波去

如眉月梭半吐想当年曾斗馆娃娇婉夜市听莺春衣扑蝶梦到将圆频误鸣啊旧路向冶叶倡條可能如故撩乱心情化茶烟一缕

丙申年冬 群君

齐天乐 枫桥夜泊

诗·陈维崧

楓橋漁火星星寒鐘聲客舫
仍渡微香簾幕乍曉驛牆東岸
多亏津樹船榥吳語柔醲水畔
煙鎖來知許不管入愁棹歌杳
藹涼波衣
知省夕樓半吐想當年曾手
館娃嬌嬈夜寺鐘賞昔今濤纜
夢斷將圓題誤鳴呵舊路向留
葉泊綠可發知故燒亂心情化
茶煙一縷

賀新郎

纜系烟汀尾

清・陈维崧

纜系烟汀尾見一派江村樵
下斜陽水市雨舫东船那可語
且过幽斋谋醉恰海蠡園甘盈
几归路数潭如梭狭映颓樯倒
出惊奇鬼人道是寒山寺
寺门话向同行子记王郎昔
年墨犹冲泥经此掾吏两行争
匿笑笑看官今何事乞米照破
麻题字今日满廊蜗篆缘扪壁
间蝌蚪无存矣谁会我怀人意

丙申年岁 醉君

醉君

賀新郎

纜京煙滸尾

清·陳維崧

纜京煙滸尾，見一派江楓橋
下，斜陽川市高能東船楙可語
且過幽齋課酸恰淡蠡圓甘盈
八歸路說潭知棧棟映欑櫓澂
也驚奇鬼入道是寒山寺
寺門語向同行子記王郎曾
奉罷夾衛派經此緣叀兩行爭
圖笑笑翰官今何事之火路破
扇頭字今日滿廊塌篆綠擱壁
間灘淺霧捋矣誰會我懷入意

浣溪沙·枫桥

清 庞树柏

幾度春波晚棹移
冷风衰柳久依林
烏啼黑雁初飛
虛閣殘鍾孤枕夢
亂山落月一船詩寂
禪參到斷腸時

丙申年春 群君

浣溪沙·楓橋

清·庞树柏

幾度蒼波晚棹
移冷風衰柳各依
依林鳥嗁關雁欲
飛
虛閣殘鐘孤枕
夢亂山落月一船
詩夜禪參到斷陽
時

游寒山寺　九二盲叟

鐘聲夜半出寒山
惹得樂鄰東徑邊
登上江楓橋上望
不禁回憶鐘終山天

丙申年春　群岩

游寒山寺

九二盲叟

鐘聲夜半出寒山
暮復東鄰東徑邊
登上江楓橋上望
不禁回憶鐵鈴關

作品作者简介

寒　山(生卒时间不详)：又称寒山子，唐贞观年代人，唐代诗僧，与丰干、拾得并称“国清三隐”。《全唐诗》编其诗一卷，约三百余首，多五言律诗。其诗内容多为参悟佛理，对仗工整，本仄合律。

拾　得(约783—？)：弃儿，被天台山国清寺住持拾回，故取“拾得”名。唐贞观年间，从天台山国清寺转到苏州妙利普明塔院(今寒山寺)任住持(拾得出生地为河北经县)。拾得与贫子寒山相交莫逆，两人多有诗谒教诫佛徒和后人，民间称他们为“和合二仙”。存诗五十余首。清雍正帝曾敕封寒山为“和圣”，敕封拾得为“合圣”。

杜荀鹤(846—907)：字彦之，号九华山人，池州(今安徽石棣县)人。晚唐诗人，出身寒苦，有诗名。昭宗大顺二年进士第一。《全唐诗》编其诗三卷：其诗主要成就在“诗旨未能忘救物”，写出了不少乱世民生的疾苦，感怀动乱比较深刻真切。近体诗里他更喜写七律。

张　继(？—约779)：字懿孙，襄州(今湖北襄阳)人。唐天宝十二年进士及第。《全唐诗》编其诗一卷。其诗丰姿清迥，有道者风，最被人引为谈资的是《枫桥夜泊》诗。而夜泊枫桥，听寒山寺的夜半钟声，已成为人们亲临其境，回味张继原作的赏心乐事之一。

杜　牧(803—约852)：字牧之，京兆万年(今陕西西安)人。唐太和二年进士。与李商隐齐名，有“小李杜”之称。《全唐诗》编其诗八卷，艺术上最具特色的是写景抒情的七绝。他的诗文亦受兵法影响，意气纵横，抑扬跌宕，常用兵法来比喻创作。

韦应物(737—约793)：长安(今陕西西安)人。中唐诗人。出身贵族，侍玄宗，生活放荡不检。遭安史之乱，乃折节读书，后出为滁州刺史，复出为苏州刺史。性高洁，诗风高雅闲淡，《全唐诗》编其诗十卷。其诗最具特色的还是山水田园诗，语言简洁清淡，境界幽远超脱。

刘言史(约742—813)：字号，邯郸人。中唐诗人。《全唐诗》编其诗一卷，七十九首。藏书家，藏书近万卷。为官清正，世称“刘枣强”。(其实他并未到任，一天枣强县令也没有做过)。他与李贺、孟郊为同时代人，诗风和李贺相近。其诗百锻成字，千练成句。少尚气节，不举进士，与孟郊相善。死后，孟郊曾写《哭刘言史》。

张　嵲(1096—1148):字巨山,襄阳人,宋诗人。宣和三年上舍选中第。迁校书郎、著作郎,抗金多献策,后因母病去官。撰有《紫微集》(永乐大典本)。善五言诗,语意高简、深远。

陆　游(1125—1210):字务观,号放翁,越州山阴(今浙江绍兴)人。南宋爱国诗人。29岁参加省试,名列第一。次年礼部考试遭秦桧黜落。孝宗即位,赐进士出身。少年时就立下"上马击狂胡,下马草军书"的雄心壮志,曾亲临前线,投身军旅生活,临终前还写下"……王师北定中原日,家祭无忘告乃翁"的诗,爱国信念始终不渝。陆游一生创作了大量作品,今存诗歌近万首,存词一百多首。

孙　觌(1081—1169):字仲益,号鸿庆居士,晋陵(今江苏常州)人。北宋大观三年进士,晚年归隐太湖。工诗文,著有《鸿庆居士集》。

张孝祥(1132—1169):字安国,号于湖居士,历阳乌江(今安徽和县)人。高宗绍兴三十四年进士,廷试第一。《全宋词》收其词二百二十余首,有表达爱国思想的作品,也有写景抒情的佳构。其词既表达了凌云的气度,又具有浓厚的浪漫主义色彩。著有《于湖文集》《于湖词》。

范成大(1126—1170):字致能,号石湖居士,吴郡(今江苏苏州)人。高宗绍兴二十四年进士。与陆游、杨万里、尤袤齐名,号称"中兴四大诗人"。他曾出使金朝,险遭不测,在出使途中,写了七十二首绝句,爱国情感激昂悲壮。晚年退隐石湖,作《四时田园杂兴》六十首,描绘了农村景物、风土人情和农民生活,风格清新明快,是古代田园诗的集大成者。

俞　桂(约1288—?):字希郄,仁和(今浙江杭州)人。宋代官吏,诗人、文学家。

张师中:生平不详。

汤仲友(生卒时间不详):字瑞夫,号西楼,平江(今江苏苏州)人。宋、元间人。博贯经史,气韵高逸。宋亡后,浪迹湖海,晚年复归吴。著有《壮游诗集》,存诗六首。

顾　瑛(1310—1369)：一名阿瑛，字仲英、德辉，号金粟道人，昆山(今江苏昆山)人。元代诗画家、藏书家。家业豪富，轻财好客，广集名士诗人。元末，天下纷乱，他尽散家财，削发在家为僧，自称“金粟道人”。著有《玉山璞稿》二卷、《玉山遗稿》四卷。

高　启(1336—1374)：字季迪，号槎轩，又号青丘子，长洲(今江苏苏州)人。少负盛名，与杨基、张羽、徐贲齐名，称“吴中四杰”，其成就最高，后被朱元璋借故腰斩于市，年仅39岁。高启博学工诗，众体兼长，尤以七言歌行最能表达他个性特色和艺术才华，豪宕凌厉，清拔俊逸。亦能文。

王穉登(1535—1612)：字伯穀、百穀，号玉遮山人，先世江阴，后移居苏州。少有文名，博学多才，擅诗书画，文徵明后，为吴中盟主。著有《王伯穀全集》。

唐　寅(1470—1523)：字伯虎，一字子畏，自号六如居士、桃花庵主、逃禅仙吏等，吴县(今江苏苏州)人。明代文学家、画家。早年纵酒放荡，不事科举。弘治十一年乡试第一，后会试时，受考场舞弊案牵连，下狱谪为吏，未就职。归家自筑桃花坞以居，靠卖画为生。绘画工于山水，亦擅长人物仕女，简作水墨花鸟，与沈周、文徵明、仇英合称“明四家”，与祝允明、文徵明、徐祯卿并称“吴中四才子”。亦善书法。

文徵明(1468—1551)：初名壁，字徵明，后以字行，更字徵仲，别号衡山居士，长洲(今江苏苏州)人。正德末年，以岁贡生荐试吏部，三年以疾辞归。是明代著名的书法家，门生众多，影响巨大，与祝允明同为“吴门书派”的领袖人物。又为著名画家，与沈周、唐寅、仇英并称为“明四家”。亦善诗，以温和为主，以娟秀见称。

沈　周(1427—1509)：字启南，号石田、白石翁、玉田生、有竹居主人等，长洲(今江苏苏州)人。“吴门画派”创始人，“明四家”之一。沈周书画乃家学渊源，一生居家读书，吟诗作画，学识渊博，富于收藏，交游甚广。一生未应举，始终从事书画创作，自成一家。文征明称其为“神仙中人”。他的书画流传甚广。

性　庵：明代僧侣，生平不详。

王士祯(1634—1711):字贻上,号阮亭,又号渔洋山人,山东新城(今桓台县)人。清初著名诗人和诗坛领袖。顺治十二年进士,康熙四十二年因事罢官,从此安度晚年。与朱彝尊齐名,并称“南北两大诗人”。今存诗千余首。

陈夔龙(1857—1948):字悠石,号庸庵、庸叟、花近楼主,贵州贵阳人。出身贫寒,心思敏捷,美风仪,能文词。光绪十二年进士。八国联军侵华时为清廷顾命八大臣。历任巡抚、总督。任上积聚资财,后退居租界作寓公,不问世事,在苏州曾重修寒山寺。

程德全(1860—1930):字纯如,号雪楼、本良,重庆云阳(今重庆市)人。清廪贡生出身。历任将军、都督、巡抚等职,后任江苏巡抚,是清廷第一个反正的前清大吏。和张謇友善共事,善权谋,政坛奇才。今寒山寺内有其“古寒山寺”匾额墨迹。

朱彝尊(1629—1709):字锡鬯,号竹垞,浙江秀水(今嘉兴)人。清初著名学者、诗人。早年无意功名,潜心经学及古文辞的研究。康熙十八年以布衣应博学鸿儒试,入直南书房。博通经史,兼善古文诗词,与王士祯并称“南北两大诗人”。曾辑唐宋金元词五百余家为《词综》。其词为清初一大家,且为浙西词派的代表。著有《经义考》《日下归闻》等。

沈德潜(1673—1769):字确士,号归愚,长洲(今江苏苏州)人。乾隆四年进士。其诗论倡“格调说”,恪守温柔敦厚的诗教,诗风平实朴厚,是典型的台阁诗人,被乾隆帝称为“老名士”。沈所选《古诗源》《唐诗别裁》等书,多年风行海内,其诗文收入《沈归愚诗文全集》。

陆　鼎(?—约1838):清元和(今江苏苏州)人。布衣,性无俗好,嗜酒健谈,终身未娶。能画,善篆书,精篆刻,卖画自给。工诗,有《梅叶山集》。年逾八旬(1838年)尚为蒋生沫作“九峰雪霁图”。

苏曼殊(1884—1918):字子谷,又名玄瑛,广东香山县(今珠海市)人。近代诗人兼画家。出生于日本横滨,父亲为广东茶商,母亲为日本人。1902年加入留日革命人士组织的青年会,后削发为僧,改名为曼殊。今存诗百余首,大部分为七绝,诗风清丽哀艳。著有几部文言短篇小说,多写爱情婚姻悲剧,一直影响到后来的鸳鸯蝴蝶派。

康有为(1858—1927):字广厦,号长素,广东南海人。我国近代著名的政治家兼诗人。早年接受传统封建教育的同时,又受到西方资本主义思想的影响,逐渐形成改良主义思想体系。1894年甲午海战,中国惨败,亡国危机,迫在眉睫。康有为利用在京应试机会,联合各省应试举人603人上书请愿,反对《马关条约》,提出改良派的政治纲领,从此声名大振。康有为变法主张受到光绪帝的赞许,成为1898年"百日维新"的领袖。变法失败后,亡命日本,后到加拿大、英国、印度等地考察,宣传"保皇"和革命派论战。他的诗文,一如其政治专著,都是其政治活动的一部分。康的诗有梁启超写印的四卷本、崔斯哲写印的十四卷本《南海先生诗集》,收诗1572首。

吴竹桥:清末文人,生平不详。

殳丹生(生卒时间不详):字山夫,初名京,字彤宝,浙江桐庐人。清末诗人,工诗、画。初寓苏州,徙盛泽,复迁蒋湖,晚年弃家,徜徉五湖以终。

释逸慈:清代僧侣,生平不详。

褚逢孙:生平不详。

吴昌硕(1844—1927):原名俊卿,字昌硕,别号击庐、苦铁,安吉(今浙江湖州)人。晚清画家、书法家、篆刻家。首任杭州西冷社社长,是晚清最具影响力的海派画家。幼时随父读书,后入邻村私塾。十余岁就喜爱刻印章,经父指点,初入门径。咸丰七年,太平军与清军交战,全家避难,流亡数年。后广交朋友,致力于书画,经上海商界、金融界推介,其书画名声大振。民国三年,上海书画协会成立,任会长。1927年于上海病逝。

陈维崧(1625—1682):号迦陵,宜兴人。出身于文学世家。康熙十八年举博学鸿词科。与朱彝尊、纳兰性德并称"清初三大家",又同被称为清朝第二代词人。他以词闻名,诗虽不多作,亦足以成家。

庞树柏(1884—1916):字檗子,号芑庵,别号剑门病侠,江苏常熟人。同盟会员,南社发起人之一,曾与黄人等人组织"三千剑气文社"。他曾参与策划上海光复,后归隐。著有诗词合刊的《庞檗子遗集》。

九二盲叟:生平不详。